文芸社セレクション

ひなたに咲く花

日向 裕一
HYUGA Yuichi

文芸社

目次

不安感

言葉では　簡単に説明できない
本当に強い不安を感じている
僕を温《あたた》かく抱きしめてください
お願いします
目を閉じると不安です
僕は　生きていますか？

不安感

孤《こ》独《どく》

まるで僕は
雨に打たれている小鳥
草に横たわり
「苦しい」とさえ言えない

同情なんてされたくない

飛ぶ怖さよりも
飛べない怖さは嫌《いや》だ

孤独

人は弱い

病気になる前の僕は
自信に満《み》ち溢《あふ》れて
いつも活発的に行動していた

病気になって
人は弱いと思えた
大敗北してみないと
本当に人の痛みはわからない

自分自身を責《せ》めることが
人が弱いという証拠《しょうこ》

僕はイジメを受けたことがある
とっても苦しくて
生きている心地はしなかった

人を傷つけることは
自分自身を傷つけること

トゲ

たとえば
小さなトゲでさえ
刺《さ》さっていたら
痛いでしょう

心にトゲがあったら
我慢《がまん》するのではなく
声に出してください
一人で抱《かか》え込《こ》まないで

吐《は》き出してください
僕は声に出せなかった
我慢していました
でも今は言えます

「心が痛い」と

我慢しないで
苦しいとき
不安なとき
声に出してください

悔《くや》しい

何で病気になったのか
過去を振り返って
ほんとうに悔しい
自由に空を飛びたい
自信を失って
空を忘れそうです

もう一度
立ち上がって

羽ばたいて……
泣いた時間を
無意味にしたくない

大いに泣こう

心の病になって
僕は大いに泣いた

泣いて　泣いて
涙が涸《か》れるまで泣いた
今　それしかできないから…

泣きたいのではなく
自然に涙が流れる

とことん涙を流そう
僕は思う
夜空の星達も
絹《きぬ》のような海も
泣いて見える

命

この世に生を授かり
一人に一つだけの命

時には彷徨《さまよ》うこともあるけど
自分自身を守らなくてはと
強く感じました

命の尊《とうと》さを知れば知るほど
生きる厳《きび》しさを感じます

21　命

命を磨《みが》き
いつか美しい花を咲かせたい

人間　一つの宇宙

人は地球の細胞《さいぼう》
地球は銀河の細胞
銀河は宇宙の細胞です

かってに生まれ
かってに育っているのではなく
宇宙に生かされています
星空を見てください

宇宙は広大です
人は一人ではないです
両手を伸ばして
大地と天を感じてください

安心した言葉

「大丈夫、大丈夫、大丈夫だからね」
「良くなっているよ」
「昨日より顔色がいいね」
この言葉は母の口癖《くちぐせ》でした
どれだけ助けられたか
一生母を守ります

生きる

山があり
谷があり
もしかすると
崖《がけ》を登るときもある

心の病は
どんな人でもなり得る
だが本当になってみないと
その苦しみはわからない

27　生きる

ほとんどの人達は
心の病を知らない

ある人にかるく
「心のカゼだからすぐ治るよ」
と言われたとき
僕は孤独《こどく》を感じた
弱くても良い

僕は生きる！

いじめ

弱い者いじめほど…
悲しいね
きっと
あなたは…
心がさみしい人だね
愛される人になろうよ

私は　いじめ
絶対！　反対！

仲間はずれ

私は　無視されたり
いじめ　不登校
心の病を体験したよ

仲間はずれは…
心が痛いね

もし　キミの周囲に
一人ぼっちの人がいたら

「おはよう」って
声をかけてみてよ
やっぱり一人ぼっちは
ほんとうに心細いよ

勝ち負け

誰かに勝ったとか　負けたとか
勝ち負けじゃないんだよね

人という生命は
そんな小さな存在ではない

勝ち負けじゃなくて
ひたすら弱い自分自身に
向き合って生きること

信念という強い気持ちが
今の時代に必要だと思うよ
それが　人間成長だね

比《くら》べる

誰かと競争したり
比べたりするけど…

一人一人
美しい花を咲かすために
生きているよね。

その花が美しい心であれば
きっと、自分自身を

愛せるよね。
自分自身を愛せるから
感謝の気持ちがあるよね。

高級品《こうきゅうひん》

みかんは　みかん
メロンは　メロン

人間の価値観《かちかん》によって
高級品になるんだよね

商品《しょうひん》の名前があって
ビジネスになって
お金の価値観によって

高級品になるんだよね
不思議《ふしぎ》
私だけでしょうか

安《やす》くても

安くても　心を感じること
その心は
ぬくもりある手袋《てぶくろ》でした
安くても　心を感じること
その心は
ぬくもりある手紙《てがみ》でした

その心は
お金よりも
ぬくもりある真心《まごころ》でした

飾《かざ》らない

見栄《みえ》　こだわりのない
飾らない暮《く》らしは
とても幸せで楽しいですよね
身《み》の丈《たけ》に合《あ》った暮らし
それが　気楽《きらく》で良いですよ

あるがまま
心を磨《みが》いて
笑顔で暮らしましょう

花と笑顔

花は　人に文句《もんく》を言わないね
花は　みんなを幸せにするね
花のように笑顔が
ステキな人になりたいね
部屋に花を飾《かざ》ると
気持ちも少し穏やかになるね

43　花と笑顔

野に咲く花は
少年の日を思い出すね
花のように笑顔が一番だね

カラスさん

きっと　きっと
カラスさんは
生きる場所を探しているよ

カラスさんは
畑《はたけ》の農作物《のうさくぶつ》を食べるよ

とても　とても
農家《のうか》さんは　困《こま》っているよ

カラスさんは
今でも
安心《あんしん》できる場所を探しているよ

アヒル

優雅《ゆうが》に水面《みなも》を泳《およ》ぐアヒル
でも
足はバタバタさせて忙《いそが》しい

平気《へいき》な顔して余裕《よゆう》を見せる人も
本当は心の中では
いろいろと考えている

アヒルが優雅《ゆうが》に水面《みなも》を泳ぐのは

見栄《みえ》でも
気取《きど》っているのでもありません

人もバランスが必要です
お金を追《お》い求《もと》める人生ではなく
心から品格《ひんかく》ある人になりましょう

心と心

我が道をゆく
時には　反省もある人生
心と心を　つなげて
愛する人達と共に　夢へ向かう

我が道をゆく
時には　失敗もある人生
寛大《かんだい》なる心
あなたの愛と優しさに包《つつ》まれる

誰かと比《くら》べず
あきらめず
ゆっくり歩く　我が人生

四《し》季《き》

春は
桜の道を歩き
穏《おだ》やかな心になります

夏は
青空《あおぞら》のように　心広《こころひろ》く
無限大《むげんだい》の気持ちになります

秋は

人々の感性《かんせい》が磨《みが》かれて
日本人の美意識《びいしき》が高まります

冬は
新しき年に向けて
一年の感謝を祈《いの》ります

コーヒー

キミを想《おも》うとき
私は　コーヒーを
ホットで飲みます

キミを想うとき
心も　ホットになりますよ

そして
命を感じていますよ

郵便はがき

料金受取人払郵便

新宿局承認

2523

差出有効期間
2025年3月
31日まで
（切手不要）

160-8791

141

東京都新宿区新宿1－10－1

（株）文芸社

愛読者カード係 行

お名前《ふりがな》		明治 大正 昭和 平成 年生 歳
ご住所《ふりがな》	□□□-□□□□	性別 男・女

お電話番号	（書籍ご注文の際に必要です）	ご職業	
E-mail			

ご購読雑誌（複数可）	ご購読新聞 新聞

最近読んでおもしろかった本や今後、とりあげてほしいテーマをお教えください。

ご自分の研究成果や経験、お考え等を出版してみたいというお気持ちはありますか。

ある　ない　内容・テーマ（　　　）

現在完成した作品をお持ちですか。

ある　ない　ジャンル・原稿量（　　　）

書　名				
お買上 書　店	都道 府県	市区 郡	書店名	書店
			ご購入日	年　　月　　日

本書をどこでお知りになりましたか?

1.書店店頭　2.知人にすすめられて　3.インターネット(サイト名　　　　　)

4.DMハガキ　5.広告、記事を見て(新聞、雑誌名　　　　　)

上の質問に関連して、ご購入の決め手となったのは?

1.タイトル　2.著者　3.内容　4.カバーデザイン　5.帯

その他ご自由にお書きください。

(　　　　　)

本書についてのご意見、ご感想をお聞かせください。

①内容について

②カバー、タイトル、帯について

弊社Webサイトからもご意見、ご感想をお寄せいただけます。

ご協力ありがとうございました。

※お寄せいただいたご意見、ご感想は新聞広告等で匿名にて使わせていただくことがあります。

※お客様の個人情報は、小社からの連絡のみに使用します。社外に提供することは一切ありません。

■書籍のご注文は、お近くの書店または、ブックサービス(0120-29-9625)、セブンネットショッピング(http://7net.omni7.jp/)にお申し込み下さい。

私の本当のホットは
キミに会えるときですね

初恋

小学校六年間で
二回しか会話できず

いつも勇気がなくて
自信なくて
緊張して
話題　見つからなかった

大人になって

少年のメモリーは
届かない手紙

あなたが幸せに
健康に　笑顔に
暮らしていること
いつも願っています

ハート・オブ・チャイルド

大人は　苦しいって言える
子供は　苦しいって言えない

人は　弱さがあるから強く見せたい
人は　強さがあるから弱さを隠す

苦しみを乗り越えて
生きる勇気を見つけ出そう

育てよう　心のやさしさ
そして、生きる自信

汽車に乗って

冬空の下
温かい缶コーヒー飲むと
母を思い出す

僕と　汽車に乗って
夢に向かって
スタートをしたよね

いつも　いつも　一緒に

手をつないで　歩いてきた
僕の夢は　母の夢　二人の夢
今度　汽車に乗って
故郷に　帰るから　帰るよ

妹

兄貴らしいこと
何もしてあげられなくて
すまないと　悔やんでいる

弱い兄貴だけど
お前の幸せ
強く強く願ってる

お前を幸せにする恋人も

一緒に連れて来い
シャンパンを飲もう

愛なんだよね

幸せの青い鳥は　翼《つばさ》を広げて飛んでいる
愛なんだよね　愛なんだよね
幸せって　愛なんだよね
空を自由《じゆう》に飛《と》ぶ青い鳥は
あなたの心にも生きている
愛なんだよね　愛なんだよね

幸せって　愛なんだよね
みんな　みんな　愛に気づいてよ
幸せの青い鳥を探《さが》さなくても
そこに
あなたの心の内に　愛と幸せがあるよ

時の砂

人類は争《あらそ》いをし　傷《きず》つけ合っている
誰《だれ》かが英雄《えいゆう》になり　美化《びか》されるけど
勝利《しょうり》よりも　平和の旗《はた》をなびかせてほしい

時の砂　地球も永遠《えいえん》じゃない
宇宙《うちゅう》に生きるすべての生命も永遠なんてない

どこかの街《まち》を爆撃《ばくげき》すれば　誰かが死ぬ
心を失《うしな》わないでください

平和のために旗《はた》をなびかせてください
人は権力《けんりょく》を手にして
悲しみの雨を降《ふ》らしている

永遠じゃない地球で
愛と平和のために　今を共に生きましょう

若者達

都会を歩いていると
夢が溢れすぎている
公園の噴水を見ていると
幼き日を思い出す

物質の雨は
いつしか台風に化けた
自分自身を傷つけないで
あなたには得意なことあるよ

録音したカセットテープ
時代は大きな歯車で回る

壊れそうな今日
コンビニのお弁当

本当に欲しいのは
家族のぬくもりと笑顔
田舎に帰りたい
時代も帰りたい

清《きよ》き愛

子供の頃は
温かい翼《つばさ》のなかで　守られていました

社会へ旅立つときは
自分自身を愛して
夢に向かって
あきらめない　強い心でいてください

清き愛は

どんなときも　あなたを　見守っています
たとえ　側《そば》にいなくても
絶《た》えない愛を　届け続けます
自分自身　愛することを　忘れないで下さい

そして
さみしさ　孤独を感じている人がいたら
優しく　心の翼で　包んでください
愛は愛へと繋《つな》がってゆきます

明日が見えなくても

走る心　もういらないよ
たくさんの苦しみも
いつかは晴れるさ
明日が見えなくても

誰にも話せないこと
ツライ気持ち　僕もわかるよ
でも　いつかは晴れるさ
明日が見えなくても

71　明日が見えなくても

もう一度

過去の苦しみから　脱《ぬ》け出せず
現実から背《せ》を向けている
だけど　キミは一生懸命に
自分自身と闘《たたか》っているんだね

もう一度　立ち上がろう
あるがまま　自分自身を責《せ》めず
顔をあげて　前を見よう
悔《くや》しいことも　悲しいことも

キミと一緒《いっしょ》に　乗り越《こ》えてゆきたい
どんな時も　キミを見守《みまも》っている
もう一度　立ち上がろう
キミが生きていることが僕の勇気になる

純粋《じゅんすい》な瞳《ひとみ》

キミのまっすぐな言葉は
未来にも伝わっていくだろう
どんな困難《こんなん》にも負けず
自分自身を信じて歩いてほしい

キミの純粋《じゅんすい》な瞳《ひとみ》に映《うつ》る大人たちは
透明《とうめい》な羽《はね》を失《うしな》っているのだろうか

キミの純粋な心で感じる世界は

矛盾《むじゅん》だらけかもしれない

だけど
自分自身を信じて　歩いてほしい
キミのまっすぐな思いは
正《ただ》しき道へと　前進していくだろう

キミのひたむきな言葉は
人々に愛を伝えてゆくだろう

あきらめる事なく
たとえ小さな一歩だとしても

時代

窓《まど》の外は　陽《ひ》がのぼり
何だか　楽しい気持ちになりました

お庭に咲《さ》いているユリ
カメラで撮影《さつえい》してみました
素直《すなお》なまま　まっすぐに伸《の》びてます

時代は　めまぐるしく変化《へんか》して
権力者《けんりょくしゃ》の欲望《よくぼう》は　砂時計みたいです

平和な国が退屈《たいくつ》な権力者は
どうして　戦争の方向へと
進みたがるのでしょうか

ホームランでなくても

自分自身を信じて
立ち上がった
思いっきり　生きたら
三振だって　かっこいい

未来なんて　誰もわからない
だからこそ　信じよう
無限なる可能性を秘めた
自分だけの闘い

勝っても　負けても
僕等には　チャンスがまたくる
前を向いて　歩こう
生きていることが　一番だ

苦労花《くろうばな》

ぬかるんだ道でも
アスファルトの道でも
苦労花は優《やさ》しく咲《さ》いている

雨が降《ふ》って打《う》たれても
その雨粒《あまつぶ》の数《かず》だけ栄養《えいよう》となり
耐《た》え忍《しの》ぶ今がある

青空《あおぞら》の日は　背伸《せの》びして

光の方向《ほうこう》へ深呼吸《しんこきゅう》
踏《ふ》みにじられても
いつしか立ち上がり
苦労花はプライドを捨《す》てて
力強《ちからづよ》く明日を感じている

いつか老《お》いる

若《わか》き日を振《ふ》り向《む》けば　さりげなく過《す》ぎ去《さ》る
いつか老《お》いる時に
誰《だれ》がほほ笑《え》んでくれるだろう
すべての命《いのち》は　平等《びょうどう》という宇宙《うちゅう》へ旅《たび》をする

たくさん苦労《くろう》して
たくさん喜《よろこ》びを分《わ》かち合《あ》い
たくさん感謝《かんしゃ》の気持《きも》ちを持とう
生きて会話《かいわ》できることが

どれほど幸《しあわ》せかと自分自身《じぶんじしん》に問《と》う
言葉《ことば》では簡単《かんたん》な感謝《かんしゃ》
私もいつか老《お》いる
その時《とき》に何《なに》を感じているだろうか
みんな　心《こころ》の深《ふか》い場所《ばしょ》に感謝《かんしゃ》がある
命《いのち》咲《さ》かすまで道《みち》は続《つづ》く
そして　未来《みらい》のメロディーは　宇宙《うちゅう》への道《みち》

宇宙と共に

今　あなたが見ている　星達だけでなく
宇宙には　たくさんの　銀河が存在する
あの夜空の　向こうには
未知なる　明日が待っている
人は　苦しみを　乗《の》り越《こ》えた数だけ
宇宙に近づける

どんな時も　どんな時も
宇宙と共に　生きていると思えば
孤独なんて　吹き飛ばせる
奇跡の地球で　出会えたことに
感謝して　生きる

守りたい存在

どんな困難な　時間でも
朝の光は　人々に
分《わ》け隔《へだ》てなく　降《ふ》り注《そそ》ぐ

当たり前に　感じている　日常も
ダイヤモンドより　輝く宝物

私が　住んでいる町に
たくさん　守りたい　存在がある

なつかしくて　やわらかな香りの風
穏《おだ》やかな　瀬戸に沈む　茜色《あかねいろ》の夕日
遠く遠い　未来の暮らしが
笑顔と笑顔で　ありますように
いつまでも　いつまでも　守りたい

地　球

「おはよう」と　数十億年前に
目を覚ました　私達が住む地球

人の存在は　ちっぽけだけど
生きていれば　良いこともあるさ

晴れた日に輝く太陽
夜に照らす月
空を見たら　ここも宇宙

地球で出会えた奇跡に　ありがとう
誰も知らない　あの向こう側に
夢を見て　大きな心になれるよ
これからも　生きて　涙流して
地球と共に夢を叶えたいね

後世の遺伝子へ

百年後
私の言葉が残っているでしょうか
私が一生懸命に温めた
心を伝えたい
善を信じた私の本を
後世のキミへ

もし　挫《くじ》けたときは
私の想いを読んでほしい
私とキミは
同じ宇宙でつながっています

ピエロ

カラスは偏見《へんけん》に負けず
イノシシは山がなくなり
逃げ場を探している

ピエロの素顔は
誰も見たくないから
つまずいても
失敗しても

泣いても
笑っている
それでも
みんな生きている
私も生きている
あなたも生きている
命ある限り

矛盾《むじゅん》の雨

むかし　この国は戦争をしていた
悲しみの渦《うず》に　迷い込んでいた
あれから　平和になれたのかな

むかし　教師が少年兵に
「お前等が一人死んでも何とも思わない」
そんな暴言《ぼうげん》と牛馬《ぎゅうば》のように扱った

時代が流れて　あの教師は

今　偉《えら》いお役人になって
「子供達は美しく健やかに育てたい」
世渡り上手　名誉《めいよ》な人になった

矛盾の雨は　今日も冷たい
矛盾の雨は　いつ終わるのだろうか

綺《き》麗《れい》なサクラを咲かそうよ

くりかえす波は　同じ波ではなく
ただ見ている海でさえ
生きる場所を探している
雲ひとつない空は　海の色
老化したサクラが大海へ伸び
その方向が　南と教えてくれた
遠くの島は　激戦地だった
タバコを吹かし　汗を拭い
眩《まぶ》しい光に目を細めて　一礼をした

今年咲くサクラの大地も　平和であれ

花火と兵隊さん

どうせなら
大砲で花火を打ち上げろ

ドカーンっと人生も
ロックンロールのように
激しく　美しく

みんなのメッセージ
ミサイルを花火にして

夜空へ　打ち上げろ
戦争なんて消えてくれ
兵隊さんの鉄砲も
花火にしよう

日本人とサクラ

散《ち》ったサクラの花びらは　風に舞い
いつしか　母待つ大地に　辿《たど》り着《つ》く

多くの涙が　降《ふ》り注《そそ》ぎ
やがて　大空《おおぞら》に向かって芽《め》を伸《の》ばす

咲《さ》いた命　美しい心で　育てましょう
サクラを思う気持ちは
日本人としての誇《ほこ》りとやさしさ

二度と無駄花《むだばな》を散《ち》らさぬよう
二度と悲しみの雨を降《ふ》らさぬよう
過去から学びましょう

未来は
今の私たちが創《つく》っていくものだから

愛ある言葉

世の中は　欲望《よくぼう》の嵐《あらし》が　渦巻《うずま》いている
大人は
立場とかしがらみの世界で　生きている
時には　純粋な少年の心を　傷つける
もっと同じ目線で向き合って
少年の心の声に　気づいてほしい
川のせせらぎのように

優しく　愛ある言葉を　伝えてほしい
傷ついた少年の心が
いつか　太陽のような　笑顔をとりもどし
羽ばたく日がくるように

伝えたい言葉

どんな道を　歩いていても
人の痛みを感じる　優しい心を
忘れないでほしい

信じた道に　まっすぐ歩いて
つまずいても　転《ころ》んでも
前を見て　歩み続けてほしい

夕日に向かって　明日を思い描き

やがて夜になり　星たちが
あなたを　やさしく見守る

喜びも　心から　分かち合い
悲しみも　心から　分かち合える

そんな　あなただから
素《す》のままの　あなたを　愛している

星達のメロディー

宇宙の楽譜《がくふ》に青く輝《かがや》く細胞《さいぼう》
響《ひび》き合う星達に歌い
そこに存在する命の星

曲も詞も完成した
指揮者《しきしゃ》がタクトを止めない限り
宇宙が乱れないことを祈る

星達のメロディー

手を広げて宇宙へ歌う
永遠の迷路《めいろ》のように
人も宇宙の一つと教えていた

人生

詩集という本を完成するまでに
人生にも様々な作業がある

この世の中に
あらすじも語られない人もいる

あなたが歩んだ道は

109　人　生

正しいとか間違いとかない
正解な人生はあるのだろうか
人生は教科書ではない
あなたの道は　あなたのすべてである

人の痛み

人を傷つけたりすると心が痛むのは
すべての人に良心が存在するからだ。
良心に逆らうことをすればするほど
結果的に自分自身を苦しめる。
「善は　善に成る」という言葉の通り
良いことをすれば　良いことが反射する。
まるで鏡のようだ。
社会に一人で生きていないことを強く心に問う。
それが生きる力。

命

命の記憶には
生きている悲しみも
苦しみも
喜びも
幸せも
すべてがある

どんな人にも
一つの命

113　命

生きているから
あなたに会える
不器用な僕は
詩人の言葉で
あなたの笑顔を
守りたい

著者プロフィール

日向 裕一（ひゅうが ゆういち）

1980年10月生まれ
広島県出身
詩人・作詞家
著書：『綺麗なサクラを咲かそうよ』（文芸社）
『文芸雑誌ヒナタ文学シリーズ』1～11号（ヒナタ文学）
受賞歴：第45回「日本web大賞！」協会チャレンジ賞受賞
東久邇宮記念賞受賞
東久邇宮文化褒章受章

ひなたに咲く花

2022年3月15日　初版第1刷発行
2024年6月30日　初版第3刷発行

著　者　日向 裕一
発行者　瓜谷 綱延
発行所　株式会社文芸社
〒160-0022　東京都新宿区新宿1－10－1
電話　03-5369-3060（代表）
03-5369-2299（販売）

印　刷　株式会社文芸社
製本所　株式会社MOTOMURA

ISBN978-4-286-23450-2